इस भयानक समय में

इस भयानक समय में

कुमार कृष्ण

वाणी प्रकाशन

वाणी प्रकाशन
4695, 21-ए, दरियागंज, नयी दिल्ली 110 002

शाखा

अशोक राजपथ, पटना 800 004

फ़ोनः +91 11 23273167 फ़ैक्सः +91 11 23275710

www.vaniprakashan.in
vaniprakashan@gmail.com

IS BHAYANAK SAMAYA MAIN
by Kumar Krishna

ISBN : 978-93-5072-767-6
Poetry

प्रथम संस्करण
मूल्य : ₹200

हर्ष प्रिंटर्स, दिल्ली-110 093 में मुद्रित

वाणी प्रकाशन का लोगो मक़बूल फ़िदा हुसेन की कूची से

विदिशा और योगिता के लिए

अनुक्रम

बस इतना ही

चुटकी भर तनाव
पुड़िया भर आक्रोश
मुट्ठी भर अन्तर्विरोध
डिबिया भर उलफ़त
टोकरी भर स्नेह
सन्दूक भर संवेदना
पोटली भर वर्णमाला
चिलम भर आग
चम्मच भर राग
बस्ता भर विश्वास
खीसा भर साहस
डलिया भर सपने
बस यही माँगता है एक मनुष्य
इस बाँझ होती पृथ्वी से।

सपनों का अजायबघर

क्या तुमने सोचा है कभी तकिये के बारे में
नहीं, छोटी चीज़ों के बारे में हम नहीं सोचते
हम नहीं सोचते छोटे लोगों के बारे में
उनकी छोटी-छोटी खुशियों के बारे में
तकिये के बारे में सोचने का मतलब
मनुष्य के सपनों के बारे में सोचना है
तकिया है नींद का कुल देवता
सुख की खान
तकिया चाहे छोटा हो या बड़ा
वह नहीं जानता—
छोटे-बड़े का, ऊँच-नीच का अन्तर
वह जानता है—
दिल और दिमाग़ की दूरियों को कम करना
वह जानता है—
सपनों के, योजनाओं के, कल्पनाओं के बीज बोना
तकिया है फैंटेसी का एनसाइक्लोपीडिया
सपनों का अजायबघर
जो नहीं खा पाते भर पेट भात
उनको भी ले जाता है तकिया—
सपनों की दुनिया में
वहाँ बहती हैं दूध की नदियाँ
खड़े रहते हैं रोटियों के अनगिनत पहाड़
पारदर्शी पानी के झरने

वहाँ कोई नहीं माँगता भीख
कोई नहीं भागता एक दूसरे के पीछे हथियार लेकर
न कोई डरता है न डराता है
उस दुनिया से लौटकर
वह बनाना चाहता है वैसी ही दुनिया
इस धरती पर।

वर्तन

लोग रखते हैं घरों में सहेज कर
पुरानी घड़ी
पुराना ग्रामोफोन
पुरानी तलवार
पुराने सिक्के
पुरानी मूर्तियाँ
पर कोई नहीं रखना चाहता घर में–
बूढ़ा आदमी
बूढ़ा आदमी होता है–
बोलता हुआ इतिहास
गुनगुनाता हुआ श्वास
टूटता हुआ विश्वास
वह होता है–
बची-खुची दया का दास।

उम्मीद की फाँक

बह रही थी नदी की बाढ़ में–
एक हिम्मत
डूब रहा था उसमें–
एक हौसला
डूब रही थीं आस्थाएँ
डूब रही थी विश्वास की
एक पुरानी इमारत
देख रहे थे पूरा मंज़र
अनगिनत लोग
किनारे पर खड़े होकर
मेरे दायीं ओर खड़े आदमी ने कहा–
'बहुत बूढ़ा है डूब भी जाए तो क्या फ़र्क़ पड़ेगा
थोड़ा कम ही होगा धरती का बोझ'
जान पर खेलते हुए
बायीं ओर खड़े एक नौजवान लड़के ने
लगा दी नदी में छलाँग
वह ले आया अपने कन्धों पर उठाकर
एक बूढ़ा आदमी
डूब रहा था जो–
मनुष्यों की भीड़ के सामने।

यात्रा

जब आता है इस धरती पर मनुष्य
वह होता है निडर
नहीं जानता डर नाम की किसी चीज़ को
धीरे-धीरे लगता है डरने
धरती की हर चीज़ से
उसे डराते हैं उसके तमाम विश्वास
उसके सपने, रिश्ते, उसके अपने
टूट जाती है उसकी—
हिम्मत और हौसलों की लाठी
डरने लगता है वह अपनी ही परछाईं से
डरता हुआ मनुष्य
कहीं से भी नहीं लगता मनुष्य।

विश्वास की शक्ल

क्या तुमने देखी है कभी
किसी विश्वास की शक्ल
क्या देखी है उसकी कोई—
खूबसूरत तस्वीर
कोई शानदार ऑयल पेंटिंग
किसी प्रदर्शनी या फिर
किसी अजायबघर में
उसे देखना चाहते हो तो
पक्के-मज़बूत घरों से निकलकर
किसी कच्चे घर के अन्दर जाओ
जहाँ मिट्टी की दीवारों पर
होते हैं लटके हुए—
खूँटियों पर चीथड़े
टपकता है दिन-रात घास का छप्पर
जलता है ढिबरी में घासलेट
भात में नमक मिलाकर
पुआल के बिस्तर पर
हँसते-हँसाते सो जाता है—
एक पूरा परिवार
सुबह की प्रतीक्षा में।

गम्भर (एक)

पिछले साठ बरसों में
पी चुका हूँ मैं अनगिनत नदियाँ
खा चुका हूँ तमाम देशी-विदेशी खेत
सिखर दोपहर में बैलों के कन्धों से
हल और हेंगा उतार कर
जब शरीर माँगता है पानी
गुनगुनाने लगती है गम्भर[1] मेरे भीतर
धीरे-धीरे कहती है मेरे कान में
बस अब और नहीं बुझा सकती मैं तुम्हारी प्यास
बहुत मुश्किल है इस धरती को सींचना मेरे लिए
तमाम घड़ों से कह दो—
वे गाएँ मेरे लिए
अपना अन्तिम विदाई गीत
मुझे नहीं पता था—
तुम हो सकते हो कभी इतने क्रूर
मुझसे जीवन लेकर
कर दोगे समाप्त एक दिन मेरा जीवन
तुम्हारे दादा-परदादा
उनके भी दादा-परदादा नहीं थे कभी—
तुम्हारे जैसे स्वार्थी, निष्ठुर, अगम्भीर, अदूरदर्शी
मेरी हलकी सी आवाज़ पर—
दौड़े चले आते थे मेरे पास
निहारते थे मुझे लगातार

1. पास से बहने वाली एक छोटी नदी, जिसका पानी हमारे घर तक आता है।

करते थे इबादत मेरी बार-बार
अपने दोनों हाथों से चलाती थी मैं उनके घराट[1]
पहुँचाती थी उनकी अस्थियाँ सागर तक
तुमने नहीं ली कोई सीख कभी
मेरी बड़ी बहन सरस्वती से भी
लुप्त हो जाऊँगी मैं भी एक दिन उसी की तरह
पानी-पानी माँगते हुए
जब चले जाओगे तुम इस धरती से
तब कोई नहीं ले जाएगा तुम्हारी अस्थियाँ सागर तक
तुम बचाना चाहते हो यदि मनुष्यता
तो घड़े और घराट की तकलीफ़ से पहले
महसूस करो मेरी तकलीफ़
मत बाँधो मेरे हाथ और पाँव
बहने दो मुझे अपनी पुरानी ठसक के साथ
गुनगुनाने दो मुझे मानवता का गीत।

1. पनचक्की।

गम्भर (दो)

गाँव के लगभग हर आदमी के पास
होती है उसकी छोटी सी गम्भर
अपने हल्क़ में उतारता है जिसे वह घूँट-घूँट
पीता है उसे बूँद-बूँद
महसूस करता है अपने भीतर
उसकी तमाम ऊर्जा-एनर्जी
उसकी हरकतें-शरारतें
उसकी सरसराहट

गम्भर को गम्भर बनने में लग जाते हैं
अनगिनत वर्ष
गम्भर जन्म से ही जानती है भागना
वह दौड़ते हुए, भागते हुए
लड़ते हुए, लड़खड़ाते हुए
गुज़ार देती है अपनी पूरी उम्र
उसकी नियति में है भागना
आ रही है सदियों से भागती
भागते हुए ही पार करनी हैं उसे
अभी और कई सदियाँ।

गम्भर (तीन)

हर शहर के पास नहीं होती
उसकी अपनी नदी
वहाँ रहने वाले लोग नहीं जानते
किस भाषा में बोलती है नदी
गाती है कौन से राग में जिन्दगी का गीत
उसे देखने-सुनने
छूने की इच्छा में
गुज़ार देते हैं वे पूरी उम्र
इस दुनिया को छोड़ते समय
करते हैं मन ही मन प्रार्थना–
यदि हो फिर से एक और जन्म
तो वह हो किसी गम्भर के किनारे
किसी सूखे शहर
सूखी नदी के पास
नहीं पैदा करना मुझे
नहीं जन्म देना किसी ऐसी जगह
जहाँ कन्धों पर
नदी की पालकी उठाने में
बीत जाए पूरा दिन
जहाँ चालीस नील गायें
मर जाएँ एक साथ तड़प-तड़प कर
किसी गम्भर की तलाश में।

गम्भर (चार)

भागते हुए भी नहीं भूलती गम्भर
पहाड़ों को प्यार करना
नहीं भूलती अपना रास्ता
अपना कर्म
अपना धर्म
वह जानती है अच्छी तरह—
रास्तों को तोड़ना, मोड़ना
उसे आते हैं बनाने नये-नये रास्ते
गम्भर है पहाड़ की रिसती हुई तकलीफ़
बाँटती है पीड़ा में भी
प्रेम के पेड़े
बुझाती है प्यास।

हस्ताक्षर

अधिकतर हस्ताक्षरों की नहीं होती कोई भाषा
नहीं होता कोई मतलब
फिर भी जानते हैं वे बात करना
वे करते हैं बड़े-बड़े फैसले
बड़ी-बड़ी सन्धियाँ, दुरभिसन्धियाँ
अरबों-खरबों का व्यापार

हस्ताक्षर होते हैं भाग्यविधाता
बदल सकते हैं किसी की भी किस्मत
जो नहीं जानते पढ़ना-लिखना
उनके भी होते हैं हस्ताक्षर
बैलमुती लिपि हैं वे
आ जाए जिस किसी काग़ज़ पर
बन जाता है वह—
दुनिया का सबसे ताकतवर दस्तावेज़

हस्ताक्षर निरर्थक लगते हुए भी होते हैं सार्थक
प्राणहीन लगते हुए भी होते हैं—
सबसे अधिक प्राणवान

हस्ताक्षर करते हैं वकालत
वे जानते हैं देश और दुनिया को खरीदना

किसने कब किया होगा कहाँ हस्ताक्षर को ईजाद
मैं नहीं जानता

पर इतना जानता हूँ—
जब पहली बार बिका होगा
एक मनुष्य दूसरे के पास
तब किये होंगे बिकने वाले ने अपने हस्ताक्षर
पूरा घरबार हैं हस्ताक्षर
भय मुक्त द्वार हैं हस्ताक्षर
हस्ताक्षर आधार हैं, सरकार हैं।
हस्ताक्षर व्यापार हैं, अधिकार हैं।

दीवारें

लोग कहते हैं—
घर की दीवारों के भी होते हैं कान
मैं कहता हूँ—
दीवारों की होती हैं बड़ी-बड़ी आँखें
ताकतवर कन्धे, बड़ी-बड़ी बाँहें
बहुत बड़ा दिल

दीवारें सुनती हैं लगातार—
दरवाजों-खिड़कियों की सिसकियाँ
वे जानती हैं—
जंगल की कुर्बानी का दूसरा नाम है दरवाज़ा
खिड़कियाँ हैं पेड़ों के क़त्ल की कहानियाँ

दीवारें होती हैं—
घर के हर सुख-दुःख
खुशी और ग़म की चश्मदीद
दीवारें झेलती हैं हर मौसम की मार
रखती हैं सहेज कर नयी-पुरानी यादें
हमारी आस्थाएँ, विश्वास, इरादे और सपने
थकी हुई पीठ का सहारा हैं दीवारें

दीवारें पहनती हैं पूरे घर के कपड़े—
कमीज़, पतलून, गमछा, टोपी, चुनरी, धोती
दीवारें जानती हैं रिश्तों को ढकना

कैसी विडम्बना है—
बोलना नहीं जानतीं दीवारें

दीवारें गुज़ार देती हैं पूरी उम्र
दरवाज़ों-खिड़कियों की रखवाली में
जब कभी गिरती हैं बूढ़ी होने पर
बन जाता है घर खँडहर

दीवारें डर हैं, घर हैं
लाज हैं, जांबाज हैं
दीवारें सुकून हैं, जुनून हैं
छत का एहसान हैं दीवारें
रिश्तों का सम्मान हैं दीवारें
पूरे घर का स्वाभिमान हैं दीवारें।

इस भयानक समय में

भयानक समय में कवि नहीं लिखता कविता
वह बनाता है घोंसले
बचाई जा सके जहाँ मनुष्यता
सुरक्षित रह सकें सपने
छोटी-छोटी खुशियों के बीज
हिम्मत-हौसला और उम्मीद की गुदड़ी

वह छानता है लगातार शब्दों से झूठ
बनाता है मीठा मालपुआ
गाँव-दर-गाँव माँग कर लाता है जौ के सत्तू
बैठ जाता है चुपचाप उसे ले कर
भूख और भीख की भीड़ में

वह जानता है—
भयानक समय में हमलावर
हथियार से नहीं
प्यार से, शिष्टाचार से
रंग-बिरंगे बाज़ार से मारता है
कवि लिखता है शिष्टाचार की नयी परिभाषाएँ

भयानक समय में कवि ढूँढ़ता है—
पुराने काग़ज़ों में ज़िन्दा रहने का नुसखा
ढूँढ़ता है मनुष्यता को बचाने की दवा
ढूँढ़ता है संवेदना के सन्दूक को छुपाने की जगह
लफ़्ज़ों की दीवार में

भयानक समय में कवि—

विवेक और विज़न की वीणा पर
साधता है नयी सदी के बीज मन्त्र

जब तमाम लोग
जा रहे होते हैं बाबाओं की गुफाओं में
सजाता है वह–
भगतसिंह के दस्तावेज़
शब्दों की बैलगाड़ी में

जीता है वह–
इस उम्मीद के साथ–
इंटरनैट के जंगल में
नहीं भूले अभी भी कुछ लोग
पुस्तकें उपहार में देना
नहीं भूले–
सूखे बाँस पर बजाना
कोई पुराना लोकगीत।

कहाँ गयी वह दुनिया

सोचता हूँ–
बहुत जल्दी ही आ जाएगा ऐसा समय
जब नयी पीढ़ी सोचेगी हमारे बारे में कुछ इस तरह–
हमारे पूर्वज चलते थे अपने खीसे में लेकर
आग की डिबिया
रस्सी पर लटक कर पार करते थे नदियाँ
पत्तल पर, काँसे की थाली में खाते थे सत्तू
पीतो थे कटोरा भर छाछ
पूरी रात घूमते थे सपनों की दुनिया में
वे नहीं जानते थे–
नींद की गोलियों के बारे में
रहता था उनका रक्तचाप बारह महीने एक जैसा
छोटी-छोटी खुशियों का
मनाते थे उत्सव
नहीं मनाते थे–
मदर्स डे, फादर्स डे, वेलेन्टाइन डे
नहीं सोचते थे वे कभी आने वाले कल के बारे में
रहते थे पूरी तरह मसरूफ वर्तमान में
गुज़ार देते थे पूरी उम्र बच्चों की हिफ़ाज़त में
पिघलता था उनका हर पल
राग की आग में
नाचते थे वे लोकगीतों की धुन पर
पहनते थे पूरे शरीर पर कपड़े
ओढ़तीं थीं औरतें सिर पर चुनरी
लगाती थीं माथे पर लाल बिंदिया

माँग में सुहाग का सिन्दूर
नहीं कटवाती थीं औरतें कभी अपने बाल
नहीं भूलती थीं सुहागिन औरतें
गले में मंगलसूत्र लटकाना
पैरों में पाज़ेब, हाथों में दर्जन भर चूड़ियाँ
औरतें रखती थीं करवा चौथ का व्रत
माँगती थीं पतियों की लम्बी उम्र

हमारे पूर्वज पढ़ते थे—
अँगुलियों पर पूरा अंक गणित
लिखते थे महाकाव्य
लालटेन की रोशनी में लम्बी-लम्बी चिट्ठियाँ
वे ओढ़ते थे रिश्तों के मोटे-मोटे कम्बल
मनाते थे मवेशियों के त्योहार
करते थे तरु-पूजा, जल-पूजा
चलते थे घर के अन्दर नंगे पाँव
उनको आती थी—
दीवारों को घर में बदलने की कला
जानते थे सिलना—
फटे-पुराने रिश्तों का लेवा
जानते थे चलाना बैलों से हल और हेंगा
जानते थे—
लौकी का गुल्लक और बीन बनाना
जानते थे—
सूखे बाँस में रागात्मक फूँक भरना
गुलेल, बन्दूक, तीरकमान
सभी कुछ जानते थे चलाना
फिर भी नहीं मारते थे एक भी चिड़िया
अजीब इनसान थे हमारे पूर्वज।

कैथलीघाट

कल तक विश्वास था मुझे
जब तक रहेगी धरती
तब तक रहेगा कैथलीघाट[1]
आज जान चुका हूँ मैं इस धरती का सच
किसी वक़्त भी आ सकता है कोई जयप्रकाश
या फिर कोलम्बस की दुनिया का कोई आदमी
जैसे बिक गया वाकनाघाट,[2] बिक गया दियुंघाट[3]
बिक गया दाड़लाघाट[4]
बिक गया महाराष्ट्र में लवासा
बिक गया कुल्लू का सौ एकड़ वाला गाँव
बिक गया मलाजखंड, दल्ली-राजहरा
बिक गया कोरबा, मुक्तिबोध का राजनांदगाँव
वैसे ही बिक जाएगा एक दिन कैथलीघाट
कोई नहीं जान पाएगा यह बात—
यहाँ 'सत्यप्रिया' में रहने वाला लिखता था—
ज़िन्दगी के असंख्य गीत
पता नहीं तब क्या नाम होगा इस जगह का

---

1. कालका-शिमला राष्ट्रीय राजमार्ग पर वह जगह जहाँ कवि रहता है।
2. राष्ट्रीय राजमार्ग 22 से सटा वह स्थान जहाँ हाल ही में जे.पी. विश्वविद्यालय बना है।
3. राष्ट्रीय राजमार्ग 22 पर वह जगह जहाँ लगभग सौ बीघा ज़मीन पर प्रदेश का सबसे महँगा लग्जरी होटल 'डेस्टीनेशन' बना है।
4. हिमाचल प्रदेश के सोलन जिले का वह स्थान जहाँ अंबुजा सीमेंट कारखाना स्थापित किया गया है।

मेरे देखते ही देखते गौड़ा[1] बन गया यशवन्त नगर
सावड़ा[2] सरस्वती नगर
मेरे देखते ही देखते—
ग़ायब हो गयी कैथलीघाट से लालटेन
ग़ायब हो गयी हुकुमचन्द की दुकान
सायबू की साइकिल, हरनाम सिंह की बैलगाड़ी
जिसमें लटक लिया करते थे हम कभी-कभार
स्कूल आते-जाते
विक्टोरिया के सिक्के की तरह
ग़ायब हो जाएगा एक दिन कैथलीघाट लोगों के ज़हन से
जैसे गायब हो रही आदमी की टाँगों से धोती
ग़ायब हो रही गुलेल
ग़ायब हो रहे हैं खाना चिन्ती के घर
ग़ायब हो रही है हँसी
ग़ायब हो रही है राग की आग

मेरे देखते ही देखते गायब हो गयी—
बच्चों के बस्तों से तख्ती-स्लेट, कलम-दवात
चूल्हे का धुआँ, हुक्के की गड़गड़ाहट
काँसे की थाली, कोदे की रोटी
कौणी का भात, घराट का आटा
मटके का पानी, अंजीर का साग
जैसे पुस्तकों से उड़ गये ऋ, लृ के अक्षर
उड़ गया महाकाव्य
उसी तरह
ग़ायब हो जाएगा एक दिन—
कैथलीघाट
मुझे पूरा यकीन है

---

1. हिमाचल प्रदेश के सोलन, शिमला और सिरमौर जिलों का वह सन्धि-स्थल जहाँ दो पहाड़ी नदियों का संगम है।
2. शिमला जिले के हॉट कोटी नाम से प्रसिद्ध स्थान जहाँ इन दिनों बिजली-परियोजना पर काम चल रहा है।

उसका कसूर है बस इतना—
वह पैदा हुआ एक राष्ट्रीय राजमार्ग पर
उसके पास है अपना छोटा-सा रेलवे स्टेशन
अपना छोटा-सा विलायती इतिहास
उसके पास है अपना पानी, अपना जंगल
अपने खेत अपना गाँव
उसके पास है स्वर्ग की छतरी की छाँव।

हरिपुरधार

बुरास के घने जंगल में लाल फूलों से लदी
इस धरती की सबसे ख़ूबसूरत धार[1] है हरिपुरधार[2]
हरिपुरधार है आस्थाओं का अस्पताल
महाशक्ति का उत्तुंग शिखर
वह है नारी का सर्वोच्च सम्मान
किसी अबला के आक्रोश की आग है हरिपुरधार

रहती है वहाँ शिरगुल देवता की बहन–
भगियाणी माता
चौपाल के, सिरमौर के लोगों की कुल देवी
शिमला के लोग जानते हैं उसे 'उलटी देवी' के नाम से
कहते हैं–
वह भागती है कुछ लोगों के पीछे
छीन लेती है उनका सुख-चैन
कर देती है सर्वनाश
उसका नाम लेते ही डर जाते हैं कुछ लोग
जैसे डर जाते हैं मुजरिम पुलिस की पगड़ी से
डर जाते हैं लोग साँप का फन देखकर
दोस्तो–
जितनी बार मरेगी घुट-घुट कर कोई अबला

---

1. किसी पहाड़ की सबसे ऊँची जगह।
2. हिमाचल प्रदेश के सिरमौर जिले की एक ऊँची धार जहाँ भगियाणी देवी का मन्दिर बना है। वह चौपाल और सिरमौर के लोगों की कुल देवी है। शिमला के आस-पास के लोग उसे 'उलटी देवी' के नाम से जानते हैं। उनका मानना है कि वह कुछ लोगों के पीछे पड़कर उनका सुख-चैन छीन लेती है।

उतनी ही बार बनेगी वह भगियाणी देवी
डरते रहेंगे नींद में भी कुछ लोग

डरे हुए लोग खोजते हैं मन्दिर के अन्दर
भगियाणी देवी होने का सच
वे नहीं जानते—
भगियाणी देवी का सच मन्दिर के अन्दर नहीं
मन्दिर के बाहर—
हर गाँव, हर घर में मिलेगा
उसके मिलने की
सबसे बड़ी सम्भावना है वहाँ—
जहाँ अन्दर से बन्द रहते हैं दिन भर
घरों के दरवाज़े
जहाँ से नहीं आती कभी किसी के
हँसने की, रोने की आवाज़
जहाँ नहीं खनकतीं कभी चूड़ियाँ
देखती हैं बस बेचैन आँखें—
झरोखों से लगातार—
हरिपुरधार।

चम्बा

जब तक नहीं हुआ था देश पर
एडीडास, ली कूपर, री बॉक का हमला
घूमती थी देस-परदेस में
अपने राजसी ठसके के साथ
चम्बा की चप्पल
निहारती हैं आज उसकी निराश आँखें
आते-जाते लोगों को लगातार
करती हैं इन्तज़ार सुबह से शाम तक
दीवार पर टँगी उदास चप्पलें
चली जाएँगी एक दिन—
भूरी सिंह अजायबघर के अन्दर
जैसे चला गया चम्बा का रूमाल

चम्बा के पास है—
अपना चौगान, अपनी इरावती
खजियार के जंगल, जोत का पहाड़, मंगला गाँव
उसके पास हैं छोटे-छोटे मोहल्ले बेशुमार
उसी में बाँचता है अजय कुमार—
जन्म कुंडलियाँ
पढ़ता है मनुष्यों का भविष्य
लिखता था यहीं नंदेश कुमार आधी-अधूरी कविताएँ
आज शरत कुमार करता है—
'नाकाबन्दी की बगावत'
प्रकाश कारीगर उकेरता है पीतल की थाली पर

टोपी वाले विष्णु
रिश्तों की मरम्मत में मस्रूफ़ हैं भोगेन्द्र कुमार
नहीं मुरझाई भाषाओं के तपते रेगिस्तान में
चंबियाली बोली की कोंपलें
नहीं भूले लोग आपस में जरीस बाँटना

लोगों का दुःख सुनते-सुनते
थक चुकी हैं लक्ष्मीनारायण की घंटियाँ
सुन रही हैं वर्षों से दर्द की दास्तान
घंटियाँ जानती हैं बस सुनना
वे हैं जन्मजात गूँगी
जानती हैं अच्छी तरह–
सच बोलने पर राजा कटवा देते थे जीभ
इतना आसान नहीं–
पुराने डर से मनुष्य का बाहर आ पाना

अखण्ड चण्डी, रंग महल के दरवाज़ों पर
अब नहीं नज़र आते राजा के दरबान
फिर भी पूरी तरह नहीं गयी–
चम्बा की गलियों से राजा की गन्ध
राजमहल का ख़ून ही जीतता है–
चुनाव की जंग हर बार
मंगला का लोक गायक आज भी गाता है–
'राजा तेरे गोरखयां ने, लुटिया पहाड़ राजा लुटिया पहाड़!'

कल्पा-सांगला को याद करते हुए

इस बार ले आये हम कल्पा[1] से अपने साथ—
किन्नर-कैलाश की आस्थाएँ
पार्वती-पर्वत की पिघलती हुई तकलीफ़
सांगला[2] के, छितकुल[3] के नंगे पहाड़ों से
मनुष्यता की गन्ध
सतलुज की, बसपा[4] की कराहती हुई पुकार

ठीक ही कहा था तुमने मुक्तिबोध—
'पहुँचना होगा दुर्गम पहाड़ों के उस पार
तब कहीं देखने मिलेंगी हमको
नीली झील की लहरीली थाहें
जिसमें प्रतिपल काँपता रहता अरुण कमल एक'

सांगला की धरती पर—
कहाँ से, कैसे पहुँचा होगा मनुष्य पहली बार
सोचता हूँ बार-बार
सांगला के घर हैं मनुष्यता के—
ख़ूबसूरत, दुर्लभ अजायबघर
जहाँ खाते हैं आज भी लोग—
नंगे जौ के सत्तू

---

1. हिमाचल प्रदेश के किन्नौर जिले का आदिवासी क्षेत्र।
2. हिमाचल प्रदेश के किन्नौर जिले का आदिवासी क्षेत्र।
3. हिन्दुस्तान का अन्तिम गाँव।
4. तिब्बत से आने वाली एक नदी जो छितकुल नामक स्थान पर भारत में प्रवेश करती है।

पीते हैं चुरू[1] का दूध
गाते हैं ज़िन्दगी का गीत
व नहीं जानते—
शहरी हाट में किस दाम से
बिक रहे हैं तमाम आदिवासी फल
फूट रहे हैं सांगला की ज़मीन पर
किन्नौरी मटर के अंकुर बेशुमार
वाशिंगटन का संगोष्ठी-कक्ष कर रहा चर्चा—
होरी-धनिया की बिरादरी पर
छेरिंग दोरजे उठा रहा कमरूनाग[2] की पालकी
एक गाँव से दूसरे गाँव तक।

---

1. याक की तरह लम्बे बालों वाली आदिवासी गाय।
2. सांगला का लोक देवता।

भरमौर

बहुत मुश्किल है–
भरमौर[1] के अंगतू-भगतू का मुक्त होना
धर्मराज की कचहरी[2] से

ऐसे समय में–
जब इरावती गा रही हो विद्युत-वीणा पर–
सलिल-शक्ति-गीत
भरमौरिये कर रहे हैं पार वैतरणी नदी[3]
पुत्र पाने की चाह में–
निरन्तर जारी है पशुबलि का सिलसिला

चौरासी मन्दिरों की पूजा
मणिमहेश की यात्रा में
गुज़र जाएगी अभी एक और सदी
धर्मराज की कचहरी में देते रहेंगे हाज़िरी–
जरमू, धरमू, देविया, बसैरिया बार-बार
बजाता रहेगा बुधिया–
लक्षणा देवी[4] के मन्दिर की घंटियाँ बार-बार।

---

1 हिमाचल प्रदेश के चम्बा जिले का आदिवासी क्षेत्र।
2. भरमौर में एक ही स्थान पर चौरासी प्राचीन मन्दिर हैं। उनमें एक मन्दिर 'धर्मराज की कचहरी' के नाम से जाना जाता है।
3. इन्हीं मन्दिरों के बीच में एक स्थान पर 'वैतरणी नदी' बनायी गयी है।
4. राजा मेरु वर्मा के राज्यकाल में सातवीं शताब्दी में बनाया गया 'लक्षणा देवी' का मन्दिर भी भरमौर के इन्हीं चौरासी मन्दिरों के बीच बना हुआ है।

रिश्तों के रफ़ूगर

आ रहे हैं मेरे सामने से भागते हुए
रिश्तों के रफ़ूगर
जैसे आती है जैन साधवियों की कतार
आते हैं नेपाल के, बिहार के मजदूर
लोगों के घर बनाने
आती है गाढ़िया लोहारों की टोली
चली जाती है लोहे को धार देकर
कर जाती है तैयार तमाम भोथरे औज़ार

रिश्तों के रफ़ूगर लगते हैं बड़ी जल्दी में
मैं नहीं जानता वे आये हैं किस जगह से?
जा रहे हैं कहाँ?
मैं दौड़ता हूँ उनको रोकने के लिए
लगाता हूँ आवाज़—
'मुझे भी करवाने हैं कुछ रिश्ते रफ़ू'

वे नहीं रुकते बस भागते चले जाते हैं
भागता हूँ मैं भी उनके पीछे
रुक जाता है अन्ततः एक
झट से पूछता है प्रश्न—
'इस सदी में कैसे पहचान लिया तुमने हमें?'
मैं कहता हूँ उत्तर देते हुए—
'तुम्हारी शक्ल मिलती है कुछ-कुछ
मेरे दादा के साथ
लोग कहते थे उनको रिश्तों का रफ़ूगर

दूर-दूर से आते थे उनके पास
रिश्तों की मरम्मत करवाने
उन्होंने नहीं लाँघा था कभी
किसी पाठशाला का दरवाज़ा
नहीं जानते थे किताबों की भाषा
बस जानते थे गिनना प्यार के पहाड़े
बनाते थे बेवल की-धम्मन की रस्सियाँ
कमाते थे शाम तक दो आने'

हम नहीं रुक सकते
अभी तुम्हारे पास
पहुँचना है हमें शाम होने से पहले
उस गाँव तक
बो रहे हैं जहाँ कुछ लोग रिश्तों के बीज
हमें करना है वहाँ आस्था का अनुष्ठान
करनी है पावन पृथ्वी पर—
निष्ठा की प्रार्थनाएँ
फोड़ने हैं प्रवचना के सन्देह के ढेले
करनी है विश्वास की वर्षा जिससे—
न पड़े भविष्य में फिर किसी को तुम्हारी तरह
रिश्तों के रफ़ूगर की ज़रूरत।

तवा

कितनी अजीब बात है—
गर्मा-गर्म रोटियाँ खाते
हम एक बार भी नहीं सोचते
तवे की तकलीफ़ के बारे में
खा रहे हैं वर्षों से चुपचाप
तवे की तकलीफ़
निगल रहे हैं उसके अंग-अंग की पीड़ा

जल-जल कर, तप-तप कर
हो गया है तवा काला-कलूटा संथाली मज़दूर

शायद दादी ने समझ ली थी बहुत पहले
तवे की तकलीफ़
उतारती थी उसे बहुत आराम से
अन्तिम रोटी के साथ चूल्हे पर से
दादी समझती थी तवे की भाषा
समझती थी तवे की रोने की आवाज़
वह जानती थी—
उसे भी लगती है भूख
उसे भी होता है दर्द
तभी तो रख देती थी अन्तिम रोटी तवे के नाम
जान चुकी थी वह—
तवा बार-बार जल कर
लेगा जन्म बार-बार
अगले जन्म में बनेगा वह बिरसा मुंडा

तवा जलता हुआ तपता हुआ
काला रेगिस्तान है
गर्म-गर्म रोटी की ख़ूबसूरत खान है
जी रहा है वह इस उम्मीद पर
आएगा कोई एक दिन
ले जाएगा उसे मेरी तरह कविता के घर
लिखेगा उसके काले कंकाल पर
ख़ूबसूरत कविताएँ।

औरत और तवे की गुफ़्तगू

बहुत बार सोचता हूँ—
सदियों पुराना है औरत और तवे का रिश्ता
दोनों बने हैं शायद एक दूसरे के लिए
गुज़र जाता है आग से लड़ते-लड़ते ही
दोनों का पूरा जीवन

रोटियाँ तवे पर डालने से पहले
औरत करती है याचना—
जैसे भी हो बचा लेना मेरी अंगुलियाँ
मैं पोंछ सकूँ अपने और बच्चों के आँसू
डाल सकूँ माँग में चुटकी भर सिन्दूर
सजा सकूँ हथेलियों पर मेहँदी के फूल
खिला सकूँ चिड़ियों को चावल
उकेर सकूँ बच्चों की तख़्ती पर वर्णमाला के अक्षर
सिखा सकूँ अपने दूध पीते बच्चे को
अँगुली पकड़ कर चलना

तवा सुनता है उसकी दर्द भरी आवाज़
कहता है धीरे से—
मेरी तो नियति ही है तपना और तपाना
बन चुका है मेरा शौक आग से खेलना
बँट रहे थे जब इस धरती पर तमाम तरह के काम
सुन लिया मैंने भी ग़लती से उस गुफ़्तगू को
उसी दिन जान गया मैं
तुम्हारे साथ होने वाली साजिश का सच

नहीं जलतीं तुम्हारी ख़ूबसूरत अंगुलियाँ
गर एक भी औरत हुई होती शामिल
उस दिन की बैठक में
वह तो पुरुषों की सभा थी
क़ायदे-कानून बनाने वालों की सभा
उनको तुम्हारी अंगुलियाँ नहीं मुस्कान चाहिए
तुम्हारी थकान नहीं बस काम चाहिए
मैं तुम्हें देता हूँ एक बीज मन्त्र—
तुम्हारी मुक्ति राम में नहीं लगाम तोड़ने में है
वह मन्दिर की घंटियाँ बजाने में नहीं
कन्धे से कन्धा मिलाने में है
बहुत जी चुकी तुम दिल से
अब दिल और दिमाग़ दोनों से जीना सीखो।

महाकाव्य के बिना*

लाखों-करोड़ों वार सहकर भी
भरती रही वह हर बार
कलम की भूखी चोंच का मुँह
छोटे से दवात में छुपी
कपड़े की नन्ही लीर

हम पढ़ते रहे महाभारत
रटते रहे रामायण
करते रहे याद रामचरितमानस की चौपाइयाँ
एक बार भी नहीं सोचा हमने
लीर और कलम के रिश्ते के बारे में

कितनी पीड़ा सहकर पहुँची होगी
कलम की चोंच में छुप कर
काग़ज़ के पृष्ठों तक लीर की तकलीफ़

भूल चुके हैं हम—
लीर और कलम के दर्द में शामिल होकर ही
लिखा जा सकता है कोई महाकाव्य
छोटी चिन्ताएँ खिल सकती हैं बस
छोटी कविताएँ बन कर
मेरे मित्र! सही कहा था तुमने
गुज़र जाएगी यह सदी महाकाव्य के बिना।

---

* मित्र कवि लीलाधर जगूड़ी से यह शब्द इस कविता के लिए उधार लिया गया है।

साज़िश

जितनी बार जाते रहे पिता हरिद्वार
लाते रहे खुदवाकर उतनी ही बार
पीतल के, कांसे के लोटों पर अपना नाम
बर्तनों को चमकाते-चमकाते
माँ ने गुज़ार दी पूरी उम्र
छोटे से चम्मच पर भी नहीं खुदा
कभी माँ का नाम

जानते थे पिता–
बहुत पुरानी है पुरुषों के नाम लिखवाने की
परम्परा
देख चुके थे बहुत बार पुराने बर्तनों पर
दाद-परदादा के नाम
पुश्त-दर-पुश्त जलते रहे
चूल्हे की आग पर
परिवार की तमाम औरतों के हाथ
औरतें रखती रहीं उपवास
माँगती रहीं ईश्वर से
पतियों की लम्बी उम्र
नहीं किया कोई उपवास पिता ने
कभी माँ के लिए
शामिल हूँ मैं भी कुछ हद तक
पिता की परम्परा में
लिखता हूँ तरह-तरह की कविताएँ
लगवाता हूँ अपने घर के दरवाज़े पर
अपने और अपने बेटों के नाम की तख़्ती।

हमला

पहुँच चुके हैं बेशुमार लोग
बड़ी-बड़ी झोलियों के साथ
गाँव-गाँव तक
जीभ और दातुन के रिश्ते को मिटाने
बाँट रहे हैं दिन-रात
तरह-तरह के दंत-मंजन
आधी-पौनी कीमत में

उनके पास हैं तरह-तरह के जादुई साबुन
ख़ुशबूदार तेलों की शीशियाँ
एक रात में बदल देते हैं चमड़ी का रंग
वे आये हैं गोरों के देश से
पूरी दुनिया को गोरा बनाने
सत्तू खाते-खाते लगाती है माँ ज़ोर से आवाज़—
रुको, मुझे भी खरीदना है जादुई साबुन
शायद हो जाए उसकी साँवली बेटी का रिश्ता
किसी गोरे आदमी के साथ
माँ समझती है—
आये हैं सतयुग के लोग
वही दे सकते हैं एक ख़रीद पर दो मुफ़्त में

दोस्तो—
कितना सुन्दर, कितना अद्‌भुत
कितना लुभावना, कितना आकर्षक
कितना म्युजीकल, कितना खामोश

कितना हँसमुख, कितना खतरनाक है यह बाज़ार का हमला
सोचता हूँ जब आएँगी बड़ी-बड़ी चीज़ें
तब बच पाएगा कैसे–
रघुवीर सहाय का दयाशंकर, जगूड़ी का बलदेव खटिक
ऋतुराज का हसरुद्दीन, कुमार कृष्ण का छेरिंग दोरजे
ज्ञानेन्द्रपति का रामखेलावन, राजेश जोशी का रमजान मियाँ
मुश्किल बहुत मुश्किल है–
प्रेमचन्द के हल्कू का बच पाना
जब तमाम खेत बदल जाएँगे शॉपिंग माल में
तब कहाँ बनाएगा हल्कू अपना छोटा सा मचान।

टिहरी का बाँध

पता नहीं वह कौन सा दिन होगा—
फूटा होगा जिस समय किसी काठ की दराज में
टिहरी के बाँध का बीज

बाँध ने बाँध दिए भिलंगना के भागीरथी के पाँव
होने लगी खड़ी धीरे-धीरे बाँध की दीवार
डूबने लगा टिहरी धीरे-धीरे
धीरे-धीरे होने लगी टिहरी की मौत

कराहते रहे घर, रोती रहीं मन्दिरों की घंटियाँ
बिलखते रहे मन्दिरों के देवता
सिसकते रहे पेड़ों के झूले
निगलता रहा बाँध खूबसूरत टिहरी
अजगर की तरह ख़ूनी जबड़ों में

डूब गयी बाँध में—
मंगलेश डबराल की लालटेन
डूब गये जगूड़ी की कविताओं के बीज
डूब गये—
सुभाष पन्त, विद्यासागर नौटियाल की कहानियों के घर
डूब गये नन्हे-नन्हे बच्चों के गुल्लक
डूब गये अनगिनत दादियों के
तुलसी के चबूतरे
डूब गये आँगन, आँगन के पेड़
डूब गये वे तमाम दरवाज़े

जो बचाते रहे बार-बार परिवारों की पुश्तैनी मर्यादा
डूब गयीं वे देहरियाँ—
जो पहचानती थीं दादी-परदादी के घुँघरुओं की आवाज़
डूब गयीं वे दीवारें—
जिनसे थकी पीठ सटा कर
देखता था रामदास बच्चों के भविष्य के सपने

एक दिन—
जब सूख जाएँगी भिलंगना, भागीरथी
तब आएँगे नयी दुनिया से पुरातत्त्ववेत्ता
ढूँढेंगे लालटेन के टूटे शीशों
बच्चों के जंग लगे सिक्कों में—
पुरानी टिहरी की उम्र
वे नहीं समझ पाएँगे हरगिज़
देखता रहा कैसे नया टिहरी
अपनी आँखों के सामने अपने भाई की मौत
देखता रहा चुपचाप ज़िन्दगी की छटपटाहट
निगल गया उसकी आँखों के सामने
टिहरी का बाँध पूरी टिहरी
फिर से जन्मा एक और लीलाधर
बची हुई पृथ्वी पर।

ख़त्म होती चीज़ें

वह आया था मोहनी रूप लेकर
रंग-बिरंगे कपड़ों में
सात समंदर पार से
धीरे-धीरे बढ़ाता हुआ दोस्ती का हाथ
तब नहीं सोचा किसी ने
उसकी खूनी चोंच के बारे में

उसने ढूँढ़ी अपने लिए
सबसे सुरक्षित सबसे शानदार जगह
घुस गया वह बच्चों के स्कूली बस्तों में

वह आया था बॉल पैन बन कर
रख लिए हैं उसने अब कई-कई नाम
ख़त्म कर दिया उसने मेरी आँखों के सामने
सलेट-सलेटी का वर्षों पुराना रिश्ता
तख़्ती और क़लम की दोस्ती भी
देखते-देखते हो गयी समाप्त

बची है अगर कहीं थोड़ी बहुत
शब्द और काग़ज़ की दोस्ती
तो उसे निभा रहे हैं कुछ पुराने-पुराने लोग
फोन की घंटी लगा चुकी है बहुत पहले
उस दोस्ती में सेंध

लोग नहीं जानते इसीलिए
पत्र में प्यार छुपाने की कला
वे नहीं जानते—

चिट्ठियों को बार-बार पढ़ने का मज़ा
वे नहीं जानते लम्बे इन्तज़ार के बाद
चिट्ठी के कपाट खोलने का सुख
ख़त्म हो गया है उनके आने और जाने का सिलसिला
ख़त्म हो गया है काग़ज़ का चिट्ठी बनना
रो रही हैं चिट्ठियाँ लगातार
रो रही हैं
अपनी धीरे-धीरे होती मौत पर।

लड़ते हुए लोग

मुझे अच्छे लगते हैं लड़ते हुए लोग
जिनके हाथों में नहीं होतीं लाठियाँ
नहीं होते भाले-बरछे
जो लड़ रहे होते हैं–
पानी की, राशन की, मतदान की कतारों में
जो लड़ रहे होते हैं–
घासलेट के लिए
जो लड़ रहे होते हैं–
अपनी पगार के लिए
जो लड़ रहे होते हैं–
छोटे-छोटे सपनों के लिए
छोटी-छोटी लड़ाइयाँ।

यह कैसा समय है

यह कैसा समय है–
जो नहीं जानते रंगों की भाषा
बना रहे हैं वे तरह-तरह की तस्वीरें
लिख रहे हैं पुस्तकें सौन्दर्यबोध पर
पूरी उम्र लिखते रहे जो सत्य कथाएँ
वे खुर्च रहे हैं झूठ का व्याकरण
जो करते रहे बीमारों का इलाज
कर रहे हैं कत्ल अपने बच्चे
जो बनाते रहे ता उम्र राजाओं के घर
वे नहीं डाल सके अपने सिर पर छप्पर
नहीं जानता था मैं–
एक दिन खुल जाएँगी–
प्यार करने और सिखाने की दुकानें
मेरे चारों ओर
औरतें, बच्चे, आदमी
करने लगेंगे अपनी नीलामी
और बिक जाएँगे बहुत सस्ते में
अपने ही गाँव, शहर और अपने ही देश में।

कैसे बचाएँ

चली गयी हैं कहानियाँ
सात समन्दर पार
कहानियाँ बेच रही हैं तरह-तरह की चीज़ें—
खुशबूदार तेल, दन्त-मंजन
कैसे बचाएँ कहानियाँ—
साबुन के हमले से
कैसे बचाएँ कहानियाँ—
बनियों की बाँहों से
कैसे बचाएँ कहानियाँ—
एकता कपूर से।

प्रतीक्षा में
(छोटे बेटे प्रज्ञाल के लिए)

वह ले गया इस बार
अपने बस्ते में एक खूबसूरत विजय चिह्न
एक आदिवासी शस्त्र

उसे ले जा सकता है–
बस में, कार में, रेलगाड़ी में, हवाई जहाज़ में
कोई भी
शुक्र है, उसे नहीं शामिल किया गया अब तक
प्रतिबंधित हथियारों की सूची में
वह जा सकता है किसी की जेब में भी
कहीं भी

मैं लाया था उसी के लिए पिछले दिनों
माउंट आबू की एक दुकान से
पता नहीं उसे क्यों पसन्द था बचपन में भी
उसके साथ खेलना
तब शायद वह नहीं जानता था–
वह बन सकता है किसी समय भी
एक खतरनाक हथियार
कर सकता है आत्मरक्षा
उसका प्रहार कर सकता है किसी को भी बेहोश
फोड़ सकता है किसी का भी सिर
उसे न बारूद चाहिए न आग
वह माँगता है बस नज़र और अंगुलियों की ताकत

और एक गोली पत्थर
पता नहीं उसका आविष्कार
किसी शरारत ने किया होगा या फिर ज़रूरत ने
लोग आज भी उसे गुलेल कहते हैं
वह है इस धरती का सबसे छोटा हथियार
सबसे सुन्दर, सबसे सस्ता, सबसे ताक़तवर, सबसे कमजोर

सोचता हूँ बार-बार—
गाँव का वह आदिवासी शस्त्र
लटक रहा होगा महानगर की
किसी ऊँची इमारत के घर की किसी दीवार पर
कर रहा होगा इन्तज़ार—
किसी पत्थर का।

प्रज्ञाल की बाँसुरियाँ

उसके आने की प्रतीक्षा में
वे काट देती हैं सैकड़ों दिन
चुपचाप, खामोश, उदास, उन्मनी
सोचती रहती हैं मन-ही-मन
वह आये और लगाये अपने होठों से
उनको बारी-बारी
भर दे उनमें प्राण

वह जब भी आता है—
भरता है हलका सा श्वास उनके भीतर
गूँजने लगती हैं बाँसुरियाँ
आ जाते हैं उनमें प्राण
गाने लगती हैं ज़िन्दगी की धुन
हो जाता है पूरा घर प्राणवान

उसके चले जाने पर
मरणासन्न हो जाती हैं बाँसुरियाँ
चली जाती है उसी के साथ—
घर की हर ईंट से निकलने वाली
उत्साह और उल्लास की गूँज

बाँसुरियाँ तान हैं, गान हैं
मनुष्यता की पहचान हैं
बाँसुरियाँ बाँस की पीड़ा के

पुनर्जीवित होने का प्रमाण हैं
यदुवंशी राग हैं बाँसुरियाँ
आदिवासी कलाकार का दिमाग़ हैं बाँसुरियाँ
ख़ुशियों का सब्ज़बाग़
दर्द भरा फाग हैं बाँसुरियाँ।

पुरखों की गन्ध

जितनी बार देखता हूँ अपने पोते का चित्र
उतनी ही बार सोचता हूँ—
कितने वंशों, गोत्रों, ख़ानदानों के ख़ून से
बनता है एक मनुष्य
इस बार जब आया था पूना से
मुंडन-संस्कार पर
लौटते समय अपने सिर पर हाथ फेरते—
कह गया था एक बहुत बड़ी बात—
'मैं पापा की तरह हो गया'

बच्चे एक दिन जब बनते हैं पिता
तब वे भी सोचते हैं इस पृथ्वी के तमाम पुरुषों की तरह—
उनका पुत्र बने उनसे भी बड़ा आदमी
उसके पास हो बड़ा सा बँगला, बड़ी सी कार
उसके हों देश-विदेश में बड़े-बड़े बाज़ार
बहुत कम सोचते हैं पिता—
दुनिया को बड़ी करने की बातें
करने लगते हैं तमाम पिता रिश्तों का व्यापार
नींद में भी सृष्टि की देवी से करता हूँ प्रार्थना—
बड़े बँगले में ले आना तुम
पोते के सपनों में अंजीर का, अख़रोट का पेड़
बरसात के मौसम में जहाँ खेलते थे उसके पिता
एक बार ज़रूर ले जाना तुम उस जगह

जहाँ उसके पिता ने पहली बार सीखा था—
जीवन का अंकगणित
शायद वहीं कहीं मिल जाए उसे
अपने पुरखों की गन्ध
मिल जाएँ लोक-वर्णमाला के
बचे हुए बीज।

औरत

दोस्तो!
जैसे एक नदी में होती हैं सैकड़ों नदियाँ
एक पहाड़ में होते हैं असंख्य आग के घर
उसी तरह—
एक औरत में होती हैं अनगिनत निर्मला पुतुल
असंख्य तसलीमा नसरीन, दर्जनों कात्यायनियाँ
दुनिया को ख़ूबसूरत बनाने के लिए
वह करती है पुरुष से प्यार
करती है होम अपनी तमाम इच्छाएँ
स्वाह सैकड़ों सपने
एक औरत अपनी माँ का घर छोड़ कर
बनाती है अनगिनत घर
बदलती है दीवारों को घर में
जोड़ती है घर से घर
वह जलाती है—उम्मीद के, विश्वास के उपले
वह जानती है घोंसलों की हकीकत
जानती है सपनों का छल
दुनिया का सच
औरत है आग ही आग
फिर भी बाँटती है राग इस धरती पर।

अच्छा आदमी

जानते हैं हम—
एक अच्छे विद्यार्थी के गुणों के बारे में
जानते हैं हम—
क्या कुछ होना चाहिए एक अच्छे अध्यापक के पास
जानते हैं हम—
बनाता है जीवनानुभव-रचनानुभव ही किसी को अच्छा रचनाकार
बहुत कम जानते हैं हम एक अच्छे आदमी के बारे में
अच्छा आदमी गली-दर-गली भटकता है मुसीबतों की पोटली के साथ
अच्छा आदमी धान की तरह कूटता है ओखली में दुनिया का सच
अच्छा आदमी गाँधी जी की तस्वीर वाले काग़ज़ का हुनर नहीं जानता
अच्छा आदमी लम्बी कतारों में खड़ा अपनी बारी का इन्तज़ार करता है
अच्छा आदमी आधी उम्र में मरता है अनगिनत सपनों के साथ।

विडम्बना

हम चले गये एक बार
एक आदमी के साथ
सात समन्दर पार
बिक रही थीं वहाँ इस धरती के
सबसे अच्छे मनुष्य की कुछ चीज़ें–
उसका चश्मा
उसका पैन
उसकी घड़ी
उसके फटे हुए जूते
उसका पुराना कोट
हमने सोचा–
ले जाएँगे आज इसे हम अपने घर
पूरी दुनिया से कहेंगे–
हमारे पास हैं इस धरती के
सबसे अच्छे आदमी की चीज़ें
हमारी आँखों के सामने
देखते ही देखते
ले गया ख़रीद कर–
उन तमाम चीज़ों को
इस धरती का सबसे बुरा आदमी।

कारीगरों का अभ्यास

अपने लिए स्टूल
राजा के लिए कुर्सी-सिंहासन बनाकर
पछताता है कारीगर
वह नहीं जानता था—
सिंहासन पर बैठ कर राजा
कटवा देगा उसके कुर्सी बनाने वाले हाथ
नहीं बन सके कोई दूसरा सिंहासन
वह नहीं जानता था—
एक राजा नहीं देख सकता
अपनी रियासत में कोई दूसरा राजा

कटे हुए हाथों से भी
सिखा रहे हैं कारीगर—
घने जंगल में कुर्सियाँ बनाने की कला
सिखा रहे हैं औज़ार चलाना—
चाँद की रोशनी में
चला रहे हैं पैरों से धौंकनी
कर रहे हैं गर्म लोहा
बना रहे हैं औज़ार
बन रही हैं लगातार कुर्सियाँ ही कुर्सियाँ
सिंहासन ही सिंहासन
चल रहा है अभ्यास—
सिंहासन हिलाने का बार-बार।

शब्दों का सपना

छोटी सी गुलेल है कविता
शब्दों का सपना है कविता
कविता है पृथ्वी का राग
धरती की धरोहार
ज़िन्दगी का बीजगणित
दिलो-दानिश की शरारत
सच्चे झूठ की पांथशाला
तसव्वुर का तोशाखाना
इनसानियत की अध्यापिका
संवेदना का सन्दूक

वह है आग और राग का बादल
अमर्ष और संघर्ष का दरिया
मुक्तिबोध का चाँद है कविता
ऋतुराज का अबेकस
प्रसाद की कामायनी, दिनकर की उर्वशी
केदार का बाघ सभी कुछ एक साथ
कविता है सुदामा पांडे का प्रजातन्त्र
वह है एक लाल गाड़ी, एक बैल गाड़ी
संसद से सड़क तक दौड़ती हुई

कविता है—
खुरों की तकलीफ़, मनुष्यता का दुःख, आखर अनन्त
वहाँ नगाड़े की तरह बजते हैं शब्द
उड़ती है भूरी-भूरी ख़ाक धूल

बची हुई पृथ्वी पर
जब बरसते हैं कालिदास के मेघ
तब लगता है बजने रात में हारमोनियम
गुनगुनाने लगती है ज़िन्दगी की ग़ज़ल
जगजीत सिंह के होठों पर।

वांगतू-करछम* के पहाड़

उन्होंने नहीं सोचा था कभी
एक दिन आएगा कोई जयप्रकाश
ख़त्म कर देगा एक झटके में
उनकी सदियों पुरानी ठसक

बारूद भरने वाले हाथ नहीं जान सकते
कैसे रोते हैं पहाड़
चीख़ते हुए, कराहते हुए पहाड़
मरते हैं दिन में सौ-सौ बार

जयप्रकाश तुम ख़त्म कर रहे हो
जिन पहाड़ों का अस्तित्व
वे साध रहे हैं अन्दर ही अन्दर एक प्रलय-राग
सुनो उस राग की गूँज
महसूस करो उस राग की आग
समझो धरती पर गिरते
उनके आँसुओं का आक्रोश

पहाड़ नाना-नानी, सत्तू-पानी
गुड़धानी, सृष्टि की कहानी
मनुष्यता की आधानी
सभी कुछ एक साथ हैं
जंगल का विश्वास हैं पहाड़
मनुष्य का श्वास हैं पहाड़
नदी की आस हैं पहाड़
जीवन की प्यास हैं पहाड़।

---

* हिमाचल प्रदेश के किन्नौर जिले के वे स्थान जहाँ इन दिनों जयप्रकाश विद्युत परियोजनाएँ बन रही हैं।

पाराशर झील का पहाड़

शायद इसी जगह मिली होगी पहली बार
पुरुरवा को उर्वशी
पाराशर झील के किनारे
यही वह जगह है जहाँ—
सबसे आसान है आसमान से छलाँग लगाना
यह है देवताओं का हैलीपैड
तपश्चर्या की धरती
गडरियों की पांथशाला

बर्फ की चादर में लिपटी
रुंड-मुंड धरती
कर रही है इन्तज़ार—
गूजर-गूजरियों के आने का
पाराशर ऋषि के मन्दिर की रखवाली में
गुज़र गयीं अनेक सदियाँ
आज भी गुनगुनाता है पुजारी
दादा-परदादा के मन्त्र
उसने नहीं देखा कभी हस्तिनापुर
नहीं देखी कभी रेलगाड़ी
उसे नहीं मिला कभी किसी स्कूल जाने का अवसर
मन्दिर की घंटियाँ बजाते
मन-ही-मन करता है याचना—
उसके बच्चे सीखें वर्णमाला
चले जाएँ—
नगाड़ों की, घंटियों की आवाज़ से दूर।

सपने

बहुत बार सोचता हूँ–
सपनों के स्कूल, सपनों के गाँव
सपनों की दुनिया के बारे में
जहाँ से आते हैं वे चुपचाप हमारी नींद में
चले जाते हैं बिना किसी शोर के–
हमें डरा कर
बहकाकर
फुसलाकर
झकझोरकर
झिंझोड़कर
पुचकारकर
सपने आते हैं पंख वाले घोड़ों पर
दे जाते हैं हमें भी पंख थोड़ी देर के लिए।

नयी दुनिया की तलाश

कैसा लगे यदि तमाम लड़कियाँ
ले आएँ ब्याह कर लड़कों को अपने घर
तमाम पति छोड़ दें हमेशा-हमेशा के लिए
अपने माँ-बाप का घर
जैसे लड़कियाँ छोड़ देती हैं हमेशा-हमेशा के लिए
पिता का आँगन
माँ का चूल्हा-चौका
सावन के झूले
गुड़ियों के घर
रूठ कर मनाने वाले एकान्त कोने
दादी की, अम्मा की सीख भरी गगरियाँ
उछल-कूद करने वाली मोतियों वाली जूतियाँ
तसलीमा नसरीन तुमने तो कह दिया बड़ी आसानी से–
'औरत का नहीं होता कोई देश'
पर शायद तुम भूल गयीं–
औरतें ही चलाती हैं देश
औरतें ही बदलती हैं दीवारों को घरों में
औरतें सीख कर आती हैं माँ के पेट से–
आग और राग की तासीर
औरतें उड़ती हैं चिड़ियों की तरह
एक देश से दूसरे देश तक
औरतें जोड़ती हैं आपस में कई-कई देश
पृथ्वी के निर्माण का बीज हैं औरतें

धरती के विध्वंस का बारूद हैं औरतें
सोचता हूँ–
आख़िर क्यों रोती हैं गहनों से लदी औरतें
पुआल की कथरी में दुबकी औरतें
क्यों सुनाती हैं अपने बच्चों को–
सिनगी दई, बिरसा मुंडा की कहानियाँ।

राम अवतार

गली-दर-गली नंगे पाँव घूमते हुए
अपने कन्धों पर उठाये पूरी दुकान
हर रोज देखता हूँ मैं पाजामे वाले राम अवतार को
सोचता हूँ—
आखिर कब तक बचा पाएगा
वह अपने डिब्बे में मूँगफली
ऐसे समय में—
जब बेशुमार लोग लौट रहे हैं शॉपिंग माल से
एक ख़ूबसूरत मुस्कान के साथ
एक कमीज़ के पैसों में तीन-तीन कमीज़ें लेकर

राम अवतार रत्ती भर भी नहीं जानता—
बनिये और बाज़ार का बीजगणित
उसने सीखा है बस अपने पिता से—
घंटी बजाकर मूँगफली बेचना

बेचारा राम अवतार नहीं जानता—
मूँगफली की जगह लोग
अंकल चिप्स के शौक़ीन हो गये हैं

अंकल चिप्स वाला अंकल जानता है—
दुनिया की तमाम भाषाएँ
उसे आता है दुनिया की नब्ज़ देखना

वह जानता है घंटियों को गूँगा करना
हमारी जो ज़ुबान बोलती है भाषा
वह उसी का स्वाद बदलता है
वह बनाता है—
सौन्दर्य की, स्वाद की परिभाषा
सपनों की, सोने की भाषा।

बड़े होते बच्चे

बार-बार सोचता हूँ—
बच्चे याद करें अपना छोटा सा गाँव
याद करें बचपन की शरारतें
अपने मम्मी-पापा, दादा-दादी, नाना-नानी
बच्चे करें याद-
काफल के, खुमानी के पेड़
गुल्ली-डंडा, पिट्ठू, अख़रोट का खेल
पनघट को, खेतों को करें याद—

मैं भूल जाता हूँ—
बच्चे रहते हैं हज़ारों मील दूर महानगर में
बहुत बड़े बनिये की करते हैं नौकरी

बनिया जानता है—
बुखार की तरह बढ़ना चाहिए उसका टर्न ओवर
बनिये के बलॉटिंग ने चूस लिया है—
बच्चों का एक-एक लम्हाँ
उसने ख़रीद ली है पूरी तरह बच्चों की नींद
उनके सपने

भूल चुके हैं वे पूरी तरह बचपन का गाँव
नहीं लौट सकते वे लाख चाहने पर भी
काफल के पेड़ के पास
वे नहीं लौट सकते उन दीवारों के पास
जिनकी मोरियों में रहती थीं लोरियाँ

वे नहीं लौट सकते स्कूली कोट के पास
नहीं लौट सकते बूढ़ी खाँसी के पास
बच्चे अब बच्चे नहीं बड़े हो गये हैं
सत्तू की जगह सिजलर
मालपुए की जगह पास्ता खाने के आदी हो गये हैं
सोचता हूँ—
जब गाँव के तमाम बच्चे चले जाएँगे धीरे-धीरे
बनियों के पास
तब कैसे पहुँचेंगे—
गाँव के तमाम बूढ़े मरघट तक।

दादी का पंचतन्त्र

बहुत बार सोचता हूँ—
दादी के पंचतन्त्र के बारे में
सोचता हूँ कहाँ लुप्त हो गयीं
राक्षसों की वे जातियाँ
जो एक आवाज़ पर रख दिया करते थे—
तमाम तरह के गहने, हीरे-जवाहिरात
अपनी गुफा के बाहर
शादी-ब्याह के लिए
दादी अकसर सुनाया करती थी—
गुफाओं की रहस्यमयी कहानियाँ

दादी ने नहीं देखे थे कभी राक्षस
नहीं देखे थे कभी उनके हीरे-जवाहिरात
पर उसने सुने थे अपनी दादी से
राक्षसों की ईमानदारी के बेशुमार किस्से
वह कहती थीं—
'राक्षस होते हैं बेहद ईमानदार, वादे के पक्के
होते हैं अत्यन्त बलशाली
बड़े धनवान
पर वे नहीं जानते रोटियाँ पकाना
उनको आता था बस कच्चा मांस खाना
वे नहीं जानते थे आग के बारे में
नहीं जानते थे राग के बारे में'

दादी सुनाती थीं—
'एक दिन चखा दिया

सेवकराम साहूकार ने
राक्षसों को मालपुये का स्वाद
उस दिन से राक्षस हो गये ग़ुलाम
माँगने लगे बार-बार मालपुआ
माँगने लगे दाल रोटी
उन्होंने छोड़ दिया कच्चा मांस खाना
सेवकराम ने ख़ाली कर दीं
राक्षसों की रहस्यमयी गुफाएँ
ख़ाली कर दीं उनकी तमाम तिजोरियाँ
वह माँगता रहा—
दाल-रोटी मालपुए के बदले हीरे-जवाहिरात
हो गये कंगाल धीरे-धीरे
गुफाओं के राक्षस
रोटी की भूख ने मार दिये
धीरे-धीरे तमाम राक्षस'
दोस्तो! बड़ी ख़तरनाक होती है—
नमक की मार
नमक का प्यार
लग जाए एक बार जिस जीभ से
बढ़ जाती है उस शरीर की प्यास
नमक ईमान है स्वाभिमान है
मनुष्यता की पहचान है
नमक ख़ूबसूरत सपनों की खान
मनुष्य की जान है
नमक जब कभी बन जाता है गाली
बाहर से नहीं मनुष्य अन्दर से मरता है
नमक खाने से बार-बार डरता है।

पिंजरे की पहेली

उसे आता है काग़ज़ को
ख़ूबसूरत पन्ने में बदलना
उसे आता है—
पुराने कोट में सपनों को छुपाना
उसे आती हैं कई तरह की भाषाएँ
उसने सीख लिए हैं कई तरह के राग
वह नहीं जानता—
कैसे चिड़िया लाती है अपने मुँह में छुपाकर
अपने बच्चों के लिए पूरा खेत
कैसे पहुँचाती है नदी घोंसलों तक
वह जीवन भर तलाशता रहा वह स्कूल
जहाँ सीखा था चिड़िया ने घर बनाना
उसने गुज़ार दिया पूरा एक जीवन
नहीं सीख सका फिर भी
चिड़ियों की तरह प्यार करना
चिड़ियों की चोंच जानती है—
प्यार की, वार की भाषा
नहीं जानती वह व्यापार की भाषा
अपने पंखों के भरोसे
जान लेती हैं चिड़ियाँ
पूरी दुनिया का सच
बिना किसी मशीन के जान जाती हैं—
धरती के अमंगल की ख़बर
नहीं समझ पाई वह आज तक—
बहेलिये के पिंजरे की पहेली।

लाठी

वह हिम्मत है, हौसला है
चलता-फिरता साहस है लाठी
किसी के लिए हथियार
किसी के लिए प्यार
किसी के लिए डर
किसी के लिए डगर है लाठी
वह है बुज़ुर्गों की दोस्त ख़ूबसूरत जिजीविषा
लाठी जानती है धरती का तापमान
जानती है अपना रास्ता बनाना
निर्बल का बल
विषधर का छल है लाठी
लाठी नहीं जानती ऊँच-नीच
छोटे-बड़े का अन्तर
दुबला-पतला साम्यवाद है लाठी।

देवता के दरख़्त की त्रासदी

जिस दिन कटा देवता का वृक्ष
सहम गयी पूरी अमराई
टूट गये उसी दिन आस्था के तमाम धागे
नष्ट हो गयीं मन्नतों की चुनरियाँ
दादी कहती थीं—
'उस पेड़ में रहते हैं प्रत्यक्ष देवता
जानते हैं हर मनुष्य की तकलीफ़
पल भर में हर लेते हैं तमाम दुःख
रोक लेती हैं देवता के वृक्ष की बाँहें
गाँव में आने वाला अमंगल'

दोस्तो! देव-तरु था पूरे गाँव का हौसला
पूरी बस्ती की हिम्मत
वह था एक जन-विश्वास
बेशुमार चिड़ियों का घर
दूसरों को बचाने वाला नहीं रोक पाया इस बार
अपने ऊपर होने वाला प्रहार
नहीं फोड़ सका कुल्हाड़ी चलाने वालों की आँखें
'जन-हित' में दे दी देव-द्रुम ने अपनी जान
भू-अधिग्रहण में मारा गया आख़िर सुर-तरु
कानूनी जबड़ों ने ख़त्म कर दिया उसका हरा-भरा वंश
ख़त्म हो गये उसके साथ ही—
लोक-निष्ठा के तमाम बीज

देव-तरु था लोक राग, लोक-आग का विनायक
वह था बादल राग, अग्नि राग, वायु राग, जीवन राग

सभी कुछ एक साथ
शोक में डूबा रहा बहुत दिनों तक पूरा गाँव
उसकी नींद में आता रहा बार-बार
देवता का दरख़्त
आता रहा सपनों में उसका वार्षिक अनुष्ठान
जिसके आसरे साल भर के लिए
हो जाता था बेफिक्र पूरा गाँव
बच्चे करते रहे याद गुड़ का हलवा
होने लगी औरतों को फ़िक्र–
चुनरी बाँधने की
लोग सोचते रहे–
कौन सुनायेगा अब बादल राग, वायु राग
कौन ढूँढ़ेगा बस्ती की चिन्ताओं के हल
कौन रोकेगा अमंगल
इसी उधेड़बुन में बेहिसाब बाँसुरियाँ–
बजाने लगी पेड़ों की पीड़ा
गूँजने लगा जंगल में दरख़्तों का दर्द
एक दिन ले लिया गोद ग्राम कन्याओं ने
सुर-तरुओं से भरा एक ख़ूबसूरत जंगल।

बाबूराम के ईश्वर

बाबूराम जानता है बनाने
तरह-तरह के ईश्वर
उसके पिता करते थे यही काम
बनाते थे कई रंगों के ईश्वर
छुपा लेते थे रात उतरने पर
पटसन की फटी बोरियों के नीचे
बाबूराम ने गुजार दिए पिता के तम्बू में
बड़े-बड़े चालीस बरस
आवाज़ लगाकर गली-गली बेचता रहा ईश्वर

अपनी छत से लगाई एक दिन
कमलाबाई ने ज़ोर से आवाज़—
'रुको बाबूराम, मैं कब से ढूँढ़ रही हूँ तुम्हें
तुम्हारे ईश्वर ने करवा दिया
मेरी बड़ी बेटी का ब्याह
मुझे खरीदना है एक और ईश्वर
ब्याहना है छोटी बेटी को भी
तुम्हारे ईश्वर हैं साक्षात् देवता
जो भी माँगो उनसे दे देते हैं झट से
कर देते हैं पूरी मन्नत'

मन-ही-मन सोचता रहा बाबूराम—
उसने बना डाले आज तक लाखों ईश्वर
माँगता रहा सभी से—
छोटा सा छप्पर

दो वक्त की रोटी
बच्चों के लिए पाठशाला
कितनी अजीब बात है उसे कुछ भी नहीं दिया
ईश्वर ने कभी
मुश्किल से हो पाई एक वक्त की रोटी
कई बार करना पड़ा फ़ाक़ा
बच्चे बीनते रहे कचरा अपनी माँ के साथ
वह बना-बना कर बेचता रहा—
नये-नये ईश्वर
काश! सभी के दिमाग़ में चली जाए
कमलाबाई की सोच
बिक जाए आधे दिन में ही पूरी टोकरी
पत्नी को मिल जाए मुक्ति फटी धोती से
बच्चे सीख लें दस का पहाड़ा
तम्बू को मिल जाए नया तिरपाल
नंगे पैरों को जूते
हर दरवाज़ा लगे माँगने—
बाबूराम के ईश्वर

बाबूराम जान चुका है पूरी तरह—
ईश्वर होने का सच
जान चुका है तम्बू के अन्दर-बाहर खड़े
ईश्वर की ताक़त
वह जान चुका है—
उसका पसीना ही जला सकता है चूल्हा
मिटा सकता है परिवार की भूख
उसके हाथ, नंगे पाँव ही हैं ईश्वर।

पुराने जूते

वे अकसर रहते हैं इन्तज़ार में
कोई आये ले जाये पहनकर अपने साथ
कराये दुनिया की सैर
वे देखना चाहते हैं बची हुई दुनिया

पुराने जूतों के साथ कोई नहीं जाना चाहता
घर से बाहर
जूते आन हैं, बान हैं, शान हैं
हैसियत की पहचान हैं

एक दूसरे से बतियाते हुए
कहते हैं पुराने जूते—
'आज कोई नहीं पूछता हमें
कोई नहीं करता देखभाल
कोई नहीं पोंछता हमारा बदन
नहीं देता मोज़ों की गरमाहट
वे भूल चुके हैं हमारी हिम्मत
हमारा हौसला, हमारा साहस
वे भूल चुके हैं हमारी जवानी, हमारी कुर्बानी
उनकी तमाम हैसियत है—
हमारे संघर्ष की कहानी
वे भूल चुके हैं—
लगातार चल-चल कर, जल-जल कर
घिसते हुए, टूटते हुए
पहुँचाया है यहाँ तक

हम जानते थे थकान की दवा
जानते थे पसीने का स्वाद
जानते थे रिश्तों की गरिमा
हम जानते थे हाट-घराट की साजिशें
जानते थे भूख का व्याकरण
जानते थे घर-द्वार की मर्यादा
पर कोई नहीं थी हमारी औक़ात
हम बिकने वाली चीज़ थे
बहुत आसान था हमें चुरा कर ले जाना
जहाँ सबसे अधिक रहती है ईश्वर की कृपा
वहीं से होता रहा हमारा हरण
हम सदियों से रहे द्वारपाल
हमें बितानी हैं अभी और कई सदियाँ
द्वारपाल बन कर
काश हम होते हिटलर के, नैपोलियन के जूते
शान से रहते किसी अजायबघर में
दाम लेकर करवाते अपने दर्शन
काश हम होते भगत सिंह के साथी'...

उसी वक़्त गुज़रता है पास से नया जूता
कहता है हेकड़ी दिखाकर—
'शुक्र है तुम्हारे पास बचा है एक अँधेरा कोना
किसी वक़्त भी फेंक दिए जाओगे घर से बाहर'
सहम जाते हैं पुराने जूते
बन्द हो जाती है उनकी गुफ़्तगू
मन-ही-मन करते हैं याचना—
यदि हो हमारा पुनर्जन्म
तो हो ऐसे घर में
जहाँ नहीं हो एडीडास, री बॉक का आना-जाना
जहाँ होती हो पुराने जूतों की कद्र
जो जानते हों—
जूतों की मरम्मत करवाना उसकी अन्तिम साँस तक।

□□